Miguelito su amiguita

Lada Josefa Kratky

basado en un cuento tradicional

NATIONAL GEOGRAPHIC LEARNING | CENGAGE Learning®

Este es el topo Miguel.
Miguelito vive solo. Hace todo
solo. Toca la guitarra solo.
Come su guiso solo. Se pasea
junto al laguito solo.

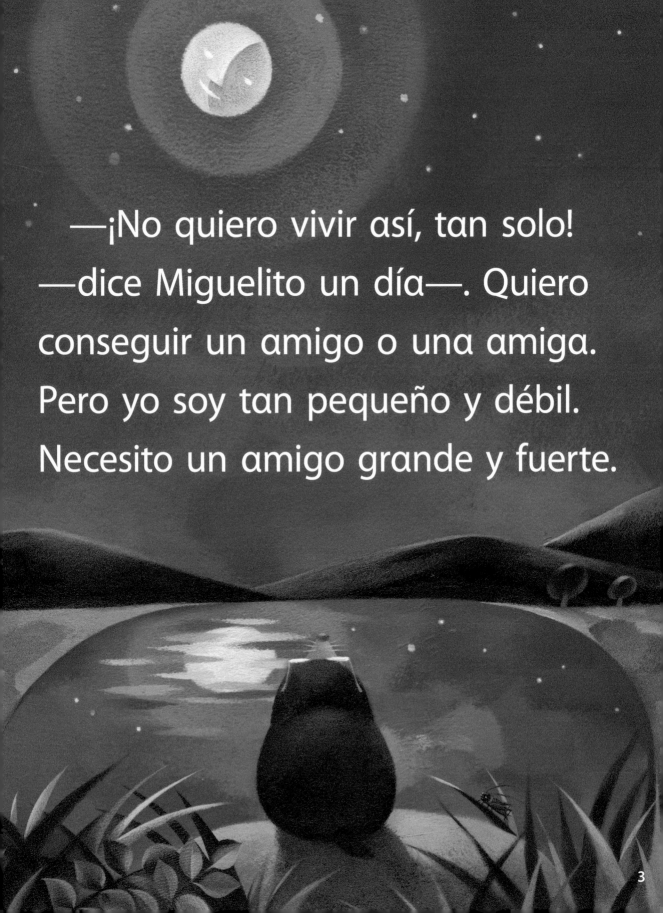

—¡No quiero vivir así, tan solo!
—dice Miguelito un día—. Quiero
conseguir un amigo o una amiga.
Pero yo soy tan pequeño y débil.
Necesito un amigo grande y fuerte.

Miguelito le habla al Sol:

—Sol, tú eres el más fuerte de todos. ¿Quieres ser mi amigo?

—Sigue buscando, Miguelito —le responde el Sol—. Yo no soy el más fuerte.

El Sol añade:

—La Nube es más fuerte que yo. Me tapa cuando quiere. Hace que se apague mi luz.

Entonces Miguelito corre a hablar con la Nube.

—Nube —le dice Miguelito—, Sol me ha dicho que tú eres la más fuerte. ¿Quieres ser mi amiga?

—Sigue buscando, Miguelito —le responde la Nube—. Yo no soy la más fuerte.

La Nube añade:

—El Viento es más fuerte que yo. Me empuja y me manda adonde yo no quiero ir.

Entonces Miguelito corre a hablar con el Viento.

—Viento —le dice Miguelito—, Nube me ha dicho que tú eres el más fuerte. ¿Quieres ser mi amigo?

—Sigue buscando, Miguelito —le responde el Viento—. Yo no soy el más fuerte.

El Viento añade:

—La Montaña es más fuerte que yo. Yo empujo y empujo, pero no me deja pasar.

Entonces Miguelito corre a hablar con la Montaña.

La Montaña le dice:

—¡Ay, Miguelito, yo no soy la más fuerte. Los topos cavan y cavan y me hacen pedazos. Son los más fuertes de todos.

—¡No soy tan pequeño y débil!
—dice Miguelito.

Entonces corre a ver a una topita
que él conoce. Le dice:

—Oye, Magui, ¿tú quieres ser
mi amiga?

Miguelito añade:

—Toco la guitarra. Cocino un rico guiso. Paseo por el laguito.

—Sí, Miguelito —le responde Magui—, yo seré tu amiguita.